PUBLICATION DE LA RÉUNION DES OFFICIERS

BATAILLE
DE ROCROI

PAR

J. MONLEZUN

CAPITAINE AU 120ᵉ D'INFANTERIE

PARIS

LIBRAIRIE MILITAIRE DE J. DUMAINE

LIBRAIRE-ÉDITEUR

Rue et Passage Dauphine, 30

—

1877

PUBLICATION DE LA RÉUNION DES OFFICIERS

BATAILLE

DE ROCROI

PAR

J. MONLEZUN

CAPITAINE AU 120e D'INFANTERIE

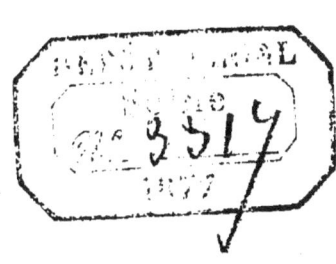

PARIS

LIBRAIRIE MILITAIRE DE J. DUMAINE

LIBRAIRE ÉDITEUR

RUE ET PASSAGE DAUPHINE, 30.

1877

PARIS. — IMP. LALOUX FILS ET GUILLOT

7, rue des Canettes.

LA

BATAILLE DE ROCROI [1]

Le brillant édifice de la grandeur espagnole était devenu
bien fragile en 1643. Depuis le commencement du xvie siècle, les rois d'Espagne avaient entrepris une tâche au-dessus

(1) Ouvrages consultés :

*Relation des campagnes de Rocroi et de Fribourg en l'année 1643 et
1644*, dédié à S. A. Mgr le duc d'Enghein. In-12. — Paris, 1673. Attri-
bué à la Moussaye, revu par de Bessé.

Gazette de Renaudot, année 1643, nos 65 et 67.

Mémoires de Lenet, édition Aimé-Champollion, collection Michaud
tome II.

Mémoires et la vie de messire Claude de Letouf, chevalier, baron de
Sirot, lieutenant général des camps et armées du roi. — 2 vol. in-12. —
Paris, 1683.

Mémoires de Montglat. Collection Petitot, tome XLIX.

*La suprématie militaire des Espagnols en Europe pendant les XVIe et
XVIIe siècles*, Canovas del Castillo, traduction Livet, *Revue britannique*,
avril 1869.

Essai sur la cavalerie tant ancienne que moderne. — D'autheville.
In-4º. — Paris, 1756.

Études militaires de Bottée. In-12. — Paris, 1729.

Le grand Cyrus, de mademoiselle Scudéry, dans les *Études sur le
XVIIe siècle*, de Victor Cousin. — 2 vol. in-8º. — Paris, 1870.

La Bataille de Rocroi, vue en perspective cavalière et les ordres de
bataille des deux armées, par Beaulieu, ingénieur du roi. — Deux plan-
ches gravées sur acier par Collardet.

de leurs forces, en voulant assurer leur prépondérance sur l'Europe. Ils épuisèrent à ce jeu les ressources, principalement les populations de leurs anciens États héréditaires. Vers le milieu du xviie siècle, ce n'étaient plus que des hommes des nouvelles provinces, particulièrement des Portugais et des Italiens, à qui ils devaient remettre le commandement de leurs armées, de leurs provinces et leur diplomatie. Malgré toute son apparente grandeur, on voyait percer, dès le règne de Philippe II, dans les conseils du roi d'Espagne, cette opinion qu'une seule bataille perdue pourrait bien causer la ruine de cette vaste domination. Combien cela n'était-il pas plus vrai quarante ans plus tard! Une des causes qui avait le plus contribué à rendre possible cette longue puissance, c'était la valeur du soldat espagnol, principalement du fantassin, dont le type se conserva si longtemps intact; ce soldat dont un auteur qui avait partagé sa vie, Cervantes, disait, au temps de Lépante (1) : « Il n'y a personne de plus pauvre parmi les pauvres, parce qu'il n'a pour lui que sa misérable paye, laquelle vient tard ou jamais, ou ce qu'il rapine de ses mains, non sans péril pour sa vie et pour sa conscience ; parfois il est si mal pourvu, qu'un pourpoint déchiqueté lui sert à la fois de chemise et de parure. En plein hiver, contre l'inclémence du ciel, en rase campagne, il n'a pour se réconforter que le souffle de sa bouche, qui, sortant d'un estomac vide, je le tiens pour certain, n'en peut sortir que froid, contre toute loi naturelle. » Peu de types sont plus intéressants que celui de ce vaillant et besoigneux soldat, gentilhomme le plus souvent, qui compensait en tous lieux par sa bravoure personnelle ce qui manquait à son roi de bonne politique, à son sol de revenus de toute espèce, à sa patrie enfin de qualités nécessaires pour être ce qu'elle voulut être et ce qu'elle fut, en effet, contre les lois manifestes

(1) *El ingenioso hidalgo*, livre II, chapitre 30.

de la nature, l'arbitre du monde. Les nombreux officiers réformés qui venaient servir dans cette infanterie comme simples piquiers en faisaient une véritable école, où les sentiments d'honneur militaire étaient écoutés plus que partout ailleurs.

L'histoire n'offre pas d'autre exemple de semblable troupe.

Les armes à feu, devenues d'un usage plus général, et surtout les masses d'hommes énormes que Louis XIV mit en ligne, sur la fin du XVIIe siècle, eussent amené sûrement, avant un demi-siècle, cette décadence inévitable de l'Espagne que Condé précipita, car elle date bien réellement de Rocroi, du jour aussi où périt cette glorieuse infanterie qui avait porté si haut le drapeau national, car les nouveaux éléments dans lesquels furent comme noyés les rares survivants de ce grand désastre n'étaient plus capables de recevoir cette forte éducation militaire qui a fait depuis notre admiration.

Les chefs auxquels le roi d'Espagne avait confié le commandement de ses troupes, sans avoir le génie, qui ne se commande pas, étaient dignes de cet honneur.

C'étaient certainement des hommes comme on n'en rencontre pas à l'ordinaire. D'abord, le général en chef, D. Francisco de Melo. Après avoir rempli avec grand succès diverses missions diplomatiques, il ne commença guère à s'occuper sérieusement d'affaires militaires qu'en 1638, époque à laquelle le roi lui confia le commandement de son armée d'Italie. Mais, nommé bientôt vice-roi de Sicile, puis ambassadeur à Ratisbonne, il revint avec éclat à ses nouvelles occupations. Quoiqu'il eût en somme bien peu de services militaires, c'est pourtant à cet homme qu'à la mort du cardinal-infant D. Fernando, le roi Philippe IV confia, en 1640, le commandement des provinces les plus attaquées et des meilleures troupes de l'Espagne, et l'on doit reconnaître que c'était un bon choix. Nommé gouverneur et capitaine général, Melo avait pris à cœur de donner à son nom un peu de cet éclat guerrier qui lui manquait. En effet, il emporta Lens assez rapidement, prit, à la suite d'un rude siége, La Bassée; mais la journée d'Honnecourt surtout mit le sceau à sa réputation. Sáchant les maréchaux d'Harcourt et de Guiche séparés l'un de l'autre, il marcha au second par des chemins défoncés par des pluies épouvantables, et, avant qu'il ait eu connaissance de sa marche. il l'atteignait et l'attaquait intrépidement dans ses retranchements qui étaient bientôt enlevés avec la plus grande vigueur. Malgré cela, au moment même où il recueillait les témoignages les plus flatteurs que puisse recevoir un victorieux, il demandait au roi de vouloir bien remettre à quelque autre le commandement des troupes, estimant avec raison qu'il lui manquait cette éducation lente et pratique de la guerre, cette sérénité d'esprit nécessaire parmi les divers incidents d'une bataille, l'habitude de voir et de dominer les scènes sanglantes, bref, ce qui ne pouvait s'apprendre dans les cabinets et les salons où il avait passé la majeure partie de sa vie. Cette connaissance de Melo permet d'apprécier tout ce qu'il pouvait y avoir de sagesse véritable tout autant que d'audace, et non de témérité, dans le projet du duc d'Enghien qui voulait relancer jusque dans son camp un adversaire entouré d'un aussi grand prestige.

Celui qui ensuite joua le principal rôle, c'est le comte Paul Bernard de Fontaine. C'était un soldat de fortune, originaire de Lorraine. Depuis près de cinquante années, il combattait dans les Flandres pour le roi d'Espagne, qui avait reconnu ses services en lui accordant le titre de comte, et le nommant un des cinq gouverneurs des États de Flandres, à la mort du cardinal-infant.

Beck, aventurier allemand qui était arrivé par son mérite au grade de mestre de camp général. avait aussi depuis longtemps fait ses preuves.

Le comte d'Albuquerque, passé en Flandre à la tête d'une

compagnie qu'il avait équipée à ses frais, devenu bientôt mestre de camp de cavalerie, malgré sa grande jeunesse, s'était acquis la plus brillante réputation à Honnecourt, et l'honneur que lui fit Melo en lui donnant ce commandement donnait à penser qu'il avait l'intention de lui faire épouser une de ses trois filles. '

Ee duc d'Isembourg, vaillant officier de cavalerie, estimé de tous jusque-là, et qui, ne voulant pas tomber au pouvoir de l'ennemi, eut la force, tout couvert de blessures, d'aller mourir à quelques lieues du champ de bataille.

L'Espagne qui s'était, aux premières années du xvi° siècle, lancée dans les grandes avantures, et qui, par fierté, n'avait pas voulu à temps diminuer la portée de ses entreprises, se trouvait, de 1640 à 1643, arrivée à la période la plus critique qu'elle eût encore traversée. Il lui fallait à la fois lutter contre les protestants, sur le Rhin, contre les musulmans, en Afrique et en Turquie, contre ses sujets révoltés, en Portugal et en Catalogne, mais surtout contre les Français, en Roussillon et en Flandre.

Après sa brillante campagne de 1642, Melo, rentré dans Bruxelles, jugea que le meilleur moyen de se tirer d'embarras était, pour l'Espagne, d'obtenir un avantage décisif sur son principal ennemi, la France, et, ce projet étant approuvé par son gouvernement, il se prépara à prendre l'offensive, en partant des Flandres. En profond politique, il avait compté tirer grand parti des troubles que la mort de Richelieu et celle prochainement attendue du roi Louis XIII ne sauraient manquer d'amener en France, pour pénétrer jusqu'au cœur du pays. Il avait calculé qu'aucun point n'était plus favorable que cette extrémité de la Champagne située entre l'Oise et la Meuse, défendue par la seule place de Rocroi. Or les fortifications en terre et charpente de cette place, qui n'avait pour tous dehors que deux demi-lunes fraisées en avant de ses portes, ne semblaient pas de nature à l'arrêter bien longtemps, d'autant qu'elle était, du reste, fort mal pourvue de tout ce qui était nécessaire pour une défense.

Au commencement d'avril 1643, le roi Louis XIII nomma au commandement de l'armée de Flandre le duc d'Enghien, jeune homme de vingt-deux ans, mais qui avait déjà fait trois rudes campagnes, et qui annonçait ce qu'il devait bientôt être. Toutefois le vieux roi, se méfiant de son impétueuse jeunesse, mit près de lui son ancien confident, le maréchal de l'Hôpital, sans l'avis duquel rien ne devait se faire. Heureusement pour la France cette tutelle fut moins lourde qu'on n'eût pu le craindre, elle n'empêcha pas le jeune prince de remporter ce premier succès qu'il estimait, avec raison peut-être, plus que tous ses autres.

Le duc d'Enghien avait donné ordre de réunir l'infanterie sur la ligne de l'Authie, et la cavalerie sur celle de l'Oise, pour le 9 mai. De sa personne il se rendit à Amiens, le 29 avril, tandis que Gassion, avec un corps assez important, était en avant de Doullens, couvrant la formation de l'armée, et recueillant des nouvelles de celle de l'ennemi.

Melo avait donné à ses troupes divers points de rassemblement qui laissèrent assez longtemps les Français dans l'incertitude sur ses véritables intentions.

Son armée d'opérations, dont Fontaine devait être mestre de camp général, le comte d'Albuquerque commander la cavalerie, et son frère D. Alvaro de Melo commander l'artillerie, devait comprendre :

Les 6 régiments espagnols qui, sous Albuquerque, étaient en Artois, savoir : Albuquerque, Avila, Velandio, Villalva, Garcies, Castelvi.

Les 3 régiments italiens Visconti, Shozzi, Liponti, et les 3 wallons prince de Ligne, Ribaucourt, Granges, que Melo avait près de lui en Flandre.

Les 4 régiments d'infanterie étrangère et les 82 compagnies de cavalerie que le comte de Bucquoi commandait en Hainaut.

Enfin l'armée dite d'Alsace, qui, sous le comte d'Isembourg, était alors entre Sambre et Meuse, et comptait 5 régiments d'infanterie, 6 de cavalerie, 1 de Croates et quelques compagnies franches.

C'était un total d'à peu près 28.000 hommes, dont un tiers de cavalerie.

La température, jusque-là fort rude, s'étant adoucie au commencement de mai, Melo quitta Lille pour la Bassée, qu'il trouva bien approvisionné, et alla joindre à Carvin son mestre de camp général, Fontaine, qui y avait concentré la majeure partie de l'infanterie, de là à Douai, où il rallia le corps d'Albuquerque, puis à Valenciennes, où il en fit autant de celui de Bucquoi.

Cette concentration importante attira seule d'abord l'attention des Français. Malgré cela, pendant ce temps, l'armée dite d'Alsace, commandée par le comte d'Isembourg, se réunissait entre Sambre et Meuse. Elle s'était tenue jusqu'au 10 mai entre Philippeville et Marienbourg, feignant de se préparer à passer la Meuse. Mais tout à coup, forçant de marche dans la nuit du 11 au 12 mai, elle arrive à la pointe du jour devant Rocroi, dont elle surprit les habitants de telle sorte, que partie de ceux qui étaient dehors pour leurs travaux ne purent rentrer dans la place. Pendant ce temps, Beck, avec un corps de 5.000 hommes, assiégeait Château-Regnault, dans le voisinage, de façon à ce que les Espagnols fussent complétement maîtres de cette partie du cours de la Meuse.

Melo, ayant avis à Valenciennes de l'investissement de Rocroi, laissa quelques troupes en Artois avec le comte de Fuensaldagne, tandis qu'avec celles qu'il venait de réunir, il passa la Sambre à Landrecies, s'avança jusqu'à la Capelle où il ne s'arrêta qu'une nuit, puis, forçant de marche, il rejoignit, le 16, devant Rocroi, son lieutenant.

Il établit aussitôt son armée en six quartiers, à un kilomètre environ autour de la ville, dont il forma le siége, qu'il poussa avec la plus grande vigueur. Du reste, suivant ses instructions, Isembourg avait commencé les travaux la veille, le 15.

Voyons maintenant comment l'armée française s'était conformée à ces divers mouvements. Sur l'avis que des forces ennemies assez importantes étaient vers Valenciennes, le duc d'Enghien changea ses premiers points de rassemblement contre celui d'Ancres, qui fut assigné à toute l'armée. Il donna en même temps ordre au marquis de Gesvres et à M. d'Espenan, qui commandaient des corps indépendants sur la frontière de Champagne, de se tenir prêts à marcher ; le dernier devait en outre envoyer quelques troupes dans Guise et la Capelle, que la marche des ennemis vers l'est pouvait menacer. Apprenant que Melo marchait effectivement vers l'est, le duc d'Enghien donna ordre à Gassion, mestre de camp de la cavalerie légère, de suivre à la piste les Espagnols avec quinze cents cavaliers, et de tenter de secourir la place devant laquelle ils tenteraient quelque entreprise sérieuse. Avec ses autres troupes, le duc d'Enghien se porta sur Péronne, où le rejoignit l'infanterie du maréchal de camp la Ferté-Senecterre, avec lequel il atteignit Guise. Au sortir d'Ancres, il avait appris que, le 12, Isembourg avait investi Rocroi. Il donna alors ordre au corps de Gesvres de marcher pour le rejoindre dans sa marche sur Rocroi.

Gassion remplit avec succès sa mission. Il parvint le 16 devant Rocroi, et il était grand temps, car les Espagnols s'étaient déjà rendus maîtres de tous les dehors, et dès la nuit suivante devaient attacher le mineur aux bastions 3 et 5. Il ne semblait pas que la place, livrée à elle-même, pût encore tenir deux jours. Gassion ayant donc poussé les gardes avancées des ennemis jusque sur le front de bandière du corps de siége, les Espagnols, inquiets, prirent les armes, et tandis qu'il attirait leur attention, d'autre part, le capitaine Saint-Martin, du régiment du Roi, et le lieutenant Cimetierre, des gardes de Gassion, purent pénétrer dans la place avec 100 fusiliers choisis du régiment du Roi. Cette aide ranima le courage des défenseurs, qui, au nombre de 300 environ, sous les ordres du major de place Noël, le gouverneur Geoffreville étant malade, avaient bien fait leur devoir, quoique peu rassurés sur l'issue de la défense. Avec le secours qui venait de leur arriver, ils firent, dès la nuit suivante, une sortie dans laquelle ils reprirent aux Espagnols la demi-lune de la porte Maubert, aujourd'hui porte de France, en leur enlevant un drapeau et quelques prisonniers. Parmi les Français tués à cette affaire figure un notaire du nom de Lemoine, qui commandait les bourgeois prenant part à la défense.

Grâce au temps gagné par le secours que Gassion avait fait entrer dans la place, l'armée du duc d'Enghien put être renforcée au passage de l'Oise, à Origny, du corps de Gesvres, et à Brunhamel de celui de d'Espenan. Elle arrivait le 17 à Bossu, qui n'est plus qu'à vingt kilomètres de Rocroi. Gassion y vint rendre compte de ce qu'il avait vu ou fait.

Là le duc d'Enghien assembla un conseil de guerre, auquel prirent part le maréchal de l'Hôpital, en sa qualité de lieutenant général; les trois maréchaux de camp d'Espenan, Gassion, la Ferté-Senecterre; la Vallière, maréchal de bataille; La Barre, commandant l'artillerie; Sirot, premier mestre-de-camp de la cavalerie, et de Persan, premier mestre-de-camp de l'infanterie. Le duc d'Enghien annonça la mort de Louis XIII, qui remontait au 14, et exposa son dessein de livrer bataille, car Rocroi était à l'extrémité, et l'on ne pouvait tenter d'y faire entrer un secours de quelque importance sans diviser l'armée en présence de l'ennemi;

donc, courir de gros risques, pour n'obtenir que des avantages passagers, la prise de la ville retardée de quelques jours; tandis qu'en se hâtant, on avait l'avantage de trouver l'armée espagnole non encore réunie complétement, puisque Beck était encore vers Palliseul, à plusieurs lieues du gros; elle était d'ailleurs embarrassée d'une entreprise aussi gênante que l'est toujours un siége; on pouvait donc espérer lui infiger un échec sérieux. Il y eut dans le conseil une minorité assez importante qui, avec le maréchal de l'Hôpital, n'osait pas pousser les choses si vivement; mais le duc d'Enghien, aidé de Gassion, annonça son intention de n'en pas tenir compte et de passer de suite à l'exécution de ses projets.

Les Espagnols campés devant Rocroi, ne croyant pas qu'on pût les attaquer par un autre côté que la route de Champagne qui se dirige vers le sud, y avaient placé un gros poste. Mais Gassion avait reconnu, à travers le bois, deux défilés d'environ cinq kilomètres, qui permettaient de gagner la plaine de Rocroi par le sud-ouest. Celui des deux jugé le plus favorable n'était surveillé en arrière que par un poste d'une cinquantaine de cavaliers, qui n'avaient point eu la précaution d'en éclairer l'intérieur. Ce défilé pouvait, à la rigueur, être franchi par l'armée, quoiqu'on doive convenir que cette partie du projet du duc d'Enghien en était certes bien la plus aventureuse, et qu'un ennemi mieux renseigné et plus rompu que Melo aux choses de la guerre eût pu tirer un parti fort avantageux de cette situation. Mais ses derniers renseignements ne portaient les troupes françaises que le duc d'Enghien menait avec lui qu'à 13.000 hommes; il ne se croyait donc pas obligé à trop de prudence. Une fois le défilé passé, comme les Espagnols n'avaient pas fait de lignes de contrevallation, il y avait dans la plaine (1)

(1) La ville de Rocroi est bâtie au centre d'un plateau d'environ 6 kilomètres de rayon, dont le sol argileux et sans pente suffisante consti-

assez de place pour que l'armée française pût se mettre en bataille en face de celle des ennemis.

Le 17, à Bossu, au sortir du conseil de guerre, le duc d'Enghien envoya ses bagages à Aubenton et à Aubigny, puis arrêta son ordre de bataille, que l'armée prit le lendemain au point du jour. Dans cet ordre, elle était sur deux lignes, ayant infanterie au centre et cavalerie aux ailes; il y avait de plus une réserve. Afin de pouvoir à tout moment soutenir sa cavalerie si elle venait à être inquiétée pendant le passage du défilé, il entremêla ses escadrons de pelotons d'une cinquaine de mousquetaires qui devaient aussi, par leur feu, préparer l'action de la cavalerie. Mais cette disposition, dont Henri IV s'était bien trouvé à Ivry, semble n'avoir pas contenté le duc d'Enghien, car on ne la lui voit plus employer par la suite.

L'armée française qui allait combattre comptait environ 23.000 hommes, dont un tiers en cavalerie. Elle pouvait donc mettre en ligne presque autant de monde que les Espagnols, quoique ceux-ci eussent 28.000 hommes, si l'on tient

Les régiments de cavalerie étaient la plupart à un esca-

---

tue comme un vaste marais, ou tout au moins un de ces espaces désignés dans les Ardennes sous le nom de *rièzes*, sorte de lande très-humide, entrecoupée par places de broussailles et de petits bois. L'agriculture est parvenue, en réchauffant ce sol, et en creusant des rigoles d'asséchement, à transformer quelques parties de ces rièzes en excellents pâturages, mais beaucoup n'ont encore pu subir cette transformation.

La partie culminante du plateau forme une longue bande horizontale allant de l'est à l'ouest, qui sépare les eaux qui, par le ruisseau Sainte-Anne, vont tomber, par l'intermédiaire de l'Eau-Noire et du Viroin, dans la Meuse, à Vireux, de celles qui, par le ruisseau de Rouge-Fontaine et la Sormonne, tombent dans la Meuse à Mézières. C'est sur cette ondulation qu'étaient les centres des deux armées pendant la bataille, la gauche de l'infanterie espagnole appuyée au ruisseau de Rouge-Fontaine, ou plutôt à ces bas-fonds un peu marécageux où il commence à sourdre, tandis que leur cavalerie de l'aile droite s'appuyait aux marais de la Houppe, et celle de l'aile gauche s'étendait jusqu'au somme-de la croupe qui est vers l'est, en avant des ruines du moulin à vent coté 387.

compte de ce que le corps de Beck, d'environ 4.000 hommes, ne prit pas, en somme, une part effective à la lutte.

dron, ceux d'infanterie, la plupart à un bataillon, encore quelques-uns tellement faibles, qu'on dut grouper plusieurs de ces escadrons ou bataillons en un seul.

La droite, aux ordres de Gassion, se composait des régiments Raab-Croates, Mestre-de-Camp ou Gassion, Lenoncourt, Coeslin, Sully, Vambesc, Leschelle, Sillart, Menneville, Roquelaure, et des fusiliers du Roi qui faisaient la compagnie des gardes du duc.

Le centre, aux ordres de d'Espenan, comprenait les régiments d'infanterie de Picardie, la Marine, Persan, Molandin, Bourdonné, Biscaras, Rambure, Piémont, la Prée, Vidame, Langeron, partie de Watteville, gardes écossaises, Roll, Brézé, Guiche, Bussy.

La gauche, aux ordres du maréchal de l'Hôpital, ayant en sous-ordre la Ferté-Senecterre, se composait des régiments de la Clavière, Beauvau, la Ferté, Guiche, des fusiliers, Harcourt, Heudicourt, Marolles, Notaf.

La réserve, aux ordres de Sirot, des régiments de cavalerie de Sirot et de Chac et des gendarmes écossais et de ceux de la Reine ; des régiments d'infanterie d'Harcourt, Aubeterre, Gesvres, partie de Watteville, Royaux, ce qui faisait deux mille hommes de pied et mille chevaux, un peu moins du septième de l'ensemble.

Il y avait de plus douze pièces d'artillerie aux ordres de Labarre, qui prenaient place en avant du front.

Le 18 mai, l'armée française, suivant cet ordre de bataille, se mit en marche la droite en tête ; elle s'arrêta à l'entrée du défilé. Les Croates, la compagnie des gardes, le régiment des fusiliers et celui de Sillart s'y engagèrent seuls. N'éprouvant pas de résistance sérieuse, ils replièrent le poste ennemi qui était à la sortie. Gassion de sa personne entra à une heure dans la plaine. Il devait se trouver alors à peu près en face du hameau actuel de Rouge-Fontaine, à quelque cinq cents mètres de la rive droite du ruisseau. Avec les troupes qu'il avait sous la main, il poussa vivement devant lui tout ce qu'il rencontra d'ennemis et s'aperçut bientôt que le camp prenait les armes, ce dont il avisa le duc d'Enghien par le moyen de Chevert, maréchal général de la cavalerie. A cette nouvelle, le duc d'Enghien engagea dans le défilé le reste de l'aile droite, et ordonna à d'Espenan et à l'Hôpital de se conformer aussitôt à ce mouvement, tandis que lui-même se portait à la sortie du défilé pour disposer ses troupes à mesure qu'elles en sortiraient. Il y arriva peu après deux heures.

Pendant ce temps Fontaine, qui, en sa qualité de mestre de camp général de l'armée espagnole, devait la disposer pour qu'elle fût prête à agir suivant les intentions de son général, lui donna une formation compacte qui permettait d'aviser promptement suivant les diverses circonstances. Groupant sa cavalerie en deux masses aux ailes, il plaça son infanterie sur quatre lignes : avant-garde ou premier corps composé de ses cinq meilleurs bataillons espagnols, seconde ligne ou corps de bataille, cinq bataillons italiens et bourguignons; arrière-garde, cinq bataillons wallons, réserve, cinq allemands; l'artillerie, composée de dix-huit pièces, en avant des intervalles des bataillons de première ligne.

Pendant que le centre français se portait en ligne, le duc d'Enghien reconnut que les marais qui étaient vers sa gauche ne lui laissaient pas assez de place pour se former. Il donna donc ordre à Gassion de gagner du terrain en avant et sur sa droite. C'est dans ce but que Gassion envoya les Croates, soutenus par deux petits paquets de ses cuirassiers, sous les ordres de M. de Tassan, lieutenant du régiment, prendre pied sur la petite croupe qui sur la rive gauche du ruisseau de Rouge-Fontaine domine le hameau du même nom et le cours de son petit tributaire, le ruisseau du Bochet. La droite française alla bientôt s'appuyer à ce point, et le déploiement de l'armée se continua, la ligne s'étendant vers la pointe sud-est des marais de la Houppe (1).

L'intention du *général français* de livrer bataille devenait on ne peut plus claire. Melo, soit qu'il regardât comme indigne de lui d'éviter la bataille, soit qu'il manquât de cette audace heureuse qui lui eût permis de rejeter en désordre l'armée de son adversaire dans un défilé inextricable où elle eût été perdue sans ressource, soit enfin, bien plutôt, qu'espérant un grand succès, il voulût nous laisser le temps de nous engager à fond, se contenta, sans bouger, de faire battre par son artillerie l'entrée du défilé. Sur les quatre heures, ses dix-huit pièces ouvrirent le feu et nous firent beaucoup de mal. Labarre établit les douze dont il pouvait disposer, en face ; mais, au bout d'un quart d'heure, les Espagnols prirent sur lui un avantage marqué, en sorte qu'elles contrarièrent considérablement notre déploiement. Il fallut toute l'action personnelle du duc d'Enghien et de ses lieutenants pour qu'il n'en résultât pas de désordre, encore les pertes furent-elles sensibles, les plus modérés les estiment à trois cents hommes, parmi lesquels le colonel de Persan, qui eut la cuisse fracassée par un boulet. Néanmoins, à 6 heures, nos deux lignes étaient en position ; la réserve allait déboucher du bois, et le duc d'En-

(1) Les marais de la Houppe, dont la plus grande portion est à un kilomètre plus à l'ouest, mais dont les terrains marécageux qui se trouvent aujourd'hui vers les bords du ruisseau Sainte-Anne, à l'ouest du terrain de manœuvres et jusqu'au fond de la Taillette, ainsi que ceux qui sont au sud du chemin de Maubert-Fontaine, dans la moitié nord tout au moins du champ de tir et dans tous les alentours de la Cense-Miette, ne sont qu'une sorte de prolongement, aujourd'hui séparé de leur centre par les cultures du hameau de Rouilly qui gagnent incessamment sur ce mauvais fond. Malgré les travaux de desséchement tentés sur ce sol, la partie marécageuse à laquelle s'appuyaient les armées le jour de la bataille est encore aujourd'hui loin d'être praticable en tout temps, même pour des piétons.

ghien, *se voyant* encore deux heures de jour devant lui, donnait ses derniers ordres pour l'attaque à ses commandants de corps, qu'il avait fait venir entre le centre et la droite dont il voulait se réserver particulièrement la direction, car c'est par là qu'il voulait engager l'affaire, quand se produisit un incident qui faillit tout remettre en question.

Le maréchal de camp La Ferté-Senecterre, qui commandait l'aile gauche en l'absence du maréchal de l'Hôpital, possédé du désir de se signaler par quelque affaire dans le genre de celle de Gassion qui avait fait entrer quelques jours auparavant du secours dans la place, peut-être aussi, suivant quelque ordre secret du maréchal de l'Hôpital, avait fait reconnaître le marais, et, y trouvant des endroits praticables, s'était avancé vers le nord avec toute la cavalerie de sa première ligne et les cinq pelotons de monsquetaires qui avaient été primitivement placés dans les intervalles des escadrons. Il y avait déjà un vide de près de deux mille mètres entre lui et le reste du corps de bataille, c'est-à-dire environ celui du front total, quand les Espagnols sonnèrent la trompette et se mirent en mouvement. L'attention du duc d'Enghien ayant été attirée sur sa gauche, il craignit une attaque de ce côté, ce qui eût complétement bouleversé ses projets. Aussi, tandis qu'il donnait à La Ferté l'ordre de reprendre en hâte son ordre primitif, il faisait combler par sa seconde ligne le vide momentanément créé.

Heureusement pour nous, encore cette fois, les Espagnols, qui pouvaient tout au moins infliger une sévère leçon à notre gauche si imprudemment aventurée, se bornèrent à se déployer en face de nous sur deux lignes présentant à peu près le même front que les nôtres.

Leur droite, sous le comte d'Isembourg, était formée de la cavalerie de l'armée d'Alsace. C'était là que Melo voulait se tenir de sa personne.

R   2

Le centre, sous le comte de Fontaine, comprenait l'infanterie italienne, espagnole et bourguignonne en première ligne, allemande et wallonne en seconde.

La gauche, sous le duc d'Albuquerque, était composée de la cavalerie de l'armée de Flandre.

Ces dispositions achevées, les deux armées, à environ deux kilomètres de la place, étaient à deux portées de mousquet, soit à peu près trois cents mètres l'une de l'autre; mais il était huit heures; trop tard par conséquent pour entamer une action qui devait être décisive. Aussi, comme d'un commun accord, les deux armées établirent-elles leurs bivouacs en présence l'une de l'autre dans leur ordre même de combat. Les bois qui étaient tout autour fournirent abondamment aux feux qui éclairèrent cette nuit, fort sombre du reste, et qui se passa dans le plus grand calme. Les postes d'infanterie, qui à l'approche de l'obscurité avaient remplacé des deux côtés ceux de cavalerie, étaient à portée de la voix.

Le duc d'Enghien passa la nuit au feu des officiers du régiment de Picardie, décidé à attaquer au point du jour, afin de ne pas donner à Beck le temps de joindre l'ennemi.

Un déserteur, qui se rendit au cours de la nuit, donna occasion de voir combien ce parti était sage, car il apprit que Melo comptait sur son lieutenant pour sept heures du matin, et c'est son corps qui devait former la réserve dont on a pu remarquer l'absence dans l'ordre de bataille de l'armée espagnole. Son côté faible était sa gauche, appuyée à un bois très-clair-semé, en raison de l'humidité du terrain, qui, très-maigre du reste sur ce point, se prête plutôt aux broussailles qu'aux végétaux de plus grandes dimensions. Pour y parer, Fontaine avait placé de ce côté un millier de mousquetaires, couchés à mi-côte en avant de sa cavalerie, et dont les plus gros paquets étaient en dehors de l'aile, sur son extrême gauche.

Le 19 mai, au point du jour, à trois heures, le duc d'Enghien, portant une cuirasse, mais n'ayant sur la tête qu'un chapeau orné de plumes blanches qui servit souvent de ralliement dans le cours de la journée, fait mettre sur pied son armée. Il passe devant le front des troupes, les anime par quelques mots, et commence aussitôt l'action par ses deux ailes. Sur sa droite, il commence par s'attaquer aux mousquetaires, ce fut surtout l'affaire de Gassion, qui gagna par le bois avec ses Croates. Après avoir passé sur le corps de ceux qu'il rencontrait un peu plus bas que le terrain sur lequel étaient en position les escadrons ennemis, le duc d'Enghien, avec la seconde ligne de la cavalerie de l'aile droite, poussa la charge contre la cavalerie d'Albuquerque, Gassion ayant emmené la plus grande partie de la première ligne. A cette première charge les Espagnols ripostèrent par une fort vigoureuse de leur première ligne, mais le duc d'Enghien les chargeant de nouveau de front tandis que Gassion qui en avait fini avec les mousquetaires et qui avait reformé ses escadrons les chargeait de flanc, la première ligne d'Albuquerque fut rejetée fort en désordre sur la seconde, qu'elle entraîna dans son désastre. Gassion fut chargé de la poursuite, qui se fit dans la direction du nord, les fuyards passant jusqu'à moins d'un quart de lieue des remparts de Rocroi. Le duc d'Enghien rallia alors sa deuxième ligne et tomba sur le flanc et les derrières de la seconde ligne d'infanterie. Là étaient les Allemands et les Wallons, qui furent culbutés après une assez vive résistance, tandis que peu après l'infanterie italienne, qui formait la droite de la première ligne, et qui s'était trouvée humiliée de n'avoir pas été placée la veille à l'avant-garde, lâcha prise un peu plus aisément. Les efforts de quelques vaillants officiers qui tentaient de rallier la cavalerie de l'aile gauche espagnole n'aboutirent qu'à former quelques petits paquets dont la résistance, tant héroïque qu'elle pût être, fut sans influence sur l'ensemble.

Tandis que les choses allaient si bien sur notre droite, il

en était tout autrement sur notre gauche. La Ferté ayant fait prendre le galop trop tôt à la première ligne de cavalerie, qu'il conduisait, elle arriva déjà fatiguée et désunie sur les ennemis, qui la poussèrent vivement sur la seconde, qui fut elle aussi bientôt entraînée. La Ferté, voulant ramener ses hommes, reçut deux coups de pistolet et trois coups d'épée ; son cheval fut tué, en sorte qu'il tomba au pouvoir de l'ennemi, ainsi que sept de nos canons sur lesquels Labarre se fit tuer. Le succès de Melo et d'Isembourg était très-marqué de ce côté. Pour rétablir le combat, le maréchal de l'Hôpital chargea avec les troupes qu'il put rassembler. Il avait déjà repris son canon, quand il reçut un coup de mousquet qui le mit hors de combat. L'impulsion qu'il avait réussi à donner venant à manquer, Isembourg et Melo reprirent de nouveau un avantage très-marqué. Leurs charges gagnant mirent quelques régiments d'infanterie de notre centre en désordre, tandis que, d'autre part, ils atteignaient les bagages, qu'heureusement pour nous leurs escadrons s'arrêtèrent à piller, au lieu de se rallier ; faute capitale, dont l'importance se fit si gravement sentir peu après.

Au centre, d'Espenan, voyant la mauvaise tournure que les affaires prenaient sur sa gauche, n'osait trop s'engager, et n'avançait que quelques pelotons pour entretenir le feu de mousqueterie contre l'infanterie de Fontaine. Dans leurs charges, les cavaliers espagnols atteignirent la réserve ; mais Sirot les arrêta et put même les ramener quelque peu. Il voulut profiter de son mouvement en avant pour aider quelques-uns des régiments les moins éprouvés de notre gauche à se reformer pour aller de nouveau à l'ennemi. Tandis que la cavalerie se reformait pour tenter de nouvelles charges, Sirot attirait vers la gauche les régiments d'infanterie de Piémont, la Marine, Molandin, Persan, Picardie. Au milieu de ces ouragans de cavalerie, seul parmi ses voisins, ce régiment réussit à se maintenir toujours en bon ordre, grâce à l'heureuse idée de M. de Pédamont, l'un de ses capitaines, qui le forma en octogone (1). Peu après, le chevalier de la Vallière, maréchal de bataille, jugeant la journée perdue, donna ordre à toutes ces troupes de battre en retraite avant qu'elles n'arrivent à ce point d'épuisement où il n'y aurait plus de retraite possible, mais seulement une déroute. Ces troupes, qui avaient déjà beaucoup souffert, obéirent à l'ordre de se replier. Mais Sirot, qui voyait plus juste, s'en vint faire reproche au chevalier, et réitéra aux troupes l'ordre de marcher à l'ennemi. Comme elles s'ébranlaient pour marcher en avant, le chevalier, pesant de nouveau sur elles dans le sens de la retraite, les arrêta si bien, que la charge que lançait Sirot ne fut poussée que par les régiments d'Harcourt, de Bretagne et Royal, et par le seul régiment de cavalerie de Sirot. Mais cette charge, tout incomplète qu'elle pût être, produisit néanmoins un effet utile, car elle maintint le moral hésitant de beaucoup. Sirot, retournant aux troupes qui étaient en arrière, put les reformer et les pousser en avant, de telle sorte qu'elles purent concourir au grand effort final.

Au centre, le duc d'Enghien avait bientôt appris le malheur de sa gauche. Il n'hésita pas à prendre un parti décisif, certainement celui qui lui fait le plus d'honneur dans cette journée qui le plaça au rang des plus grands capitaines. Persuadé que le succès dépendait des troupes qu'il avait sous la main, il lâcha prise sur le centre ennemi qu'il avait pour-

---

(1) C'était une de ces formations compliquées fort en vogue à la fin du XVIIᵉ siècle. Pour former l'octogone plein, celui dont il est question ici, on partageait le bataillon en neuf pelotons carrés. Les 3ᵉ et 7ᵉ se portaient en avant et en arrière du 5ᵉ, de façon à former avec les 4ᵉ, 5ᵉ et 6ᵉ, une croix de Malte. Les 1ᵉʳ, 2ᵉ, 8ᵉ et 9ᵉ, se formant en triangle, comblaient chacun un des vides entre les bras de croix. Ces pelotons fournissaient de plus ce qu'on appelait les *enfants perdus*.

Pour l'octogone vide, il suffisait de partager le bataillon en huit carrés, l'espace occupé dans la formation précédente par le carré 5 restant libre.

tant attaqué dans des conditions si favorables. Gassion, qui poursuivait les fuyards, dut aviser aux nécessités créées par l'entrée en ligne éventuelle de Beck, qui, avec son corps de 3.000 fantassins et 1.000 cavaliers, pouvait encore faire changer la fortune. Mais ce dernier jugea, avec grand sens, à cause des fuyards qui encombraient sa route, qu'en avançant davantage, il courait le risque d'être englobé dans le désastre, tandis qu'en restant à distance il pourrait au moins servir à couvrir la retraite. Il n'osa pas sortir du bois. Pendant ce temps, le duc d'Enghien, ralliant ses escadrons de l'ancienne deuxième ligne de droite, traversa derrière le centre espagnol, pour tomber sur les derrières de leur droite. Cette attaque imprévue les jeta bientôt dans le plus grand désordre. La Ferté fut tiré des mains des ennemis. Melo, pris à son tour, ne put s'échapper qu'en jetant son bâton de commandement (1), qui devint un des trophées du vainqueur. De ce moment, il ne fut pas plus question de la droite espagnole qu'il ne l'était de leur gauche depuis plus d'une heure.

Restait, au milieu du champ de bataille, cette vieille infanterie espagnole, les quatre régiments, de Burgy commandé par le comte de Garcies, d'Albuquerque commandé par Juan Perez de Peralta, et les deux régiments de Villalva, environ 4.000 hommes, auxquels étaient venus se joindre ce que le reste de l'infanterie comptait de meilleur, en sorte qu'il y avait là une masse d'environ 5.500 fantassins, sous Fontaine, qui formait comme un énorme carré. On a avancé, et non sans quelque raison, que le mouvement en avant de cette masse, une demi-heure plus tôt, eût été capable d'achever notre centre, dont une partie déja avait été si mal-

---

(1) Ce bâton, comme celui que Condé jeta l'an suivant dans les lignes de Fribourg, n'avait rien de commun avec les bâtons de maréchaux qui commencèrent à être usités sur les dernières années du règne de Louis XIV. C'était une canne, comme en portaient alors tous les officiers. Sur la sienne, Melo avait fait inscrire les noms de ses victoires.

traitée par la cavalerie de Melo et d'Isembourg. Mais il manquait à Melo, comme il en était convenu lui-même, ce coup d'œil qui fait les grands capitaines ; il ne sut pas reconnaître le moment où il eût dû prononcer le mouvement en avant de son centre, et ce n'était certes pas Fontaine qui, avec le peu d'horizon que pouvait lui laisser sa chaise à porteur, était en situation de juger de l'opportunité d'une mesure si importante. Du reste, Melo ne sut pas mieux réunir les petits paquets de cavalerie qui, sur sa droite, tentaient de se rallier en une masse qui eût pu avoir peu après une importance peut-être décisive.

Le duc d'Enghein voulut enfoncer cette infanterie, mais ce ne fut pas chose aisée. Le comte de Fontaine, se faisant porter dans sa chaise autour des rangs, et rappelant à ses hommes tout ce qu'exigeait d'eux leur vieille réputation, dans une circonstance si difficile, attendit la charge à cinquante pas, puis, ouvrant un feu de mousqueterie épouvantable, il l'arrêta net. Ses artilleurs, qui s'étaient repliés pour laisser le champ libre à la mousqueterie, se portant à quelques-unes des pièces qu'ils avaient dû laisser en avant du front, complétèrent l'effet par quelques décharges à mitraille.

Le peu d'infanterie dont le duc d'Enghein avait pu disposer était tout désorganisé par cette charge, et sa cavalerie fort éprouvée. Il donna donc l'ordre d'amener du canon, et l'on réussit, à grand'peine, à amener deux pièces, tandis que, remettant un peu d'ordre dans ses troupes, il lança une deuxième, puis une troisième charge, en s'efforçant de gagner le plus possible sur le flanc et les derrières du carré espagnol. On avait bien obtenu quelques avantages ; ainsi, le régiment du Roi, conduit par Monbas, avait réussi à entrer deux fois dans le carré ; mais les quelques hommes qui l'avaient pu faire, bientôt isolés, avaient été pris. Il n'y avait donc là rien qui fût de nature à amener une solution, tant s'en faut, et il est même bien probable que, si le comte de

Fontaine avait pu être secouru par une charge de cavalerie, vigoureusement menée, l'honneur de la journée eût pu être à l'Espagne.

Résolu d'en finir à tout prix, le duc d'Enghien prépara une quatrième charge générale, et rappela Gassion, afin qu'il y pût prendre part. Alors se produisit, chez quelques-uns des Espagnols, une défaillance. Malgré les assertions des auteurs d'au delà des Pyrénées, elle semble bien évidente, en présence de l'affirmation de tous ceux qui approchèrent le duc d'Enghien. La trace s'en retrouve dans ce monument grandiose d'éloquence où Bossuet, en quelques-uns de ces traits qui n'appartiennent qu'à lui, exposait la vie de son héros, au moment où commençait pour lui le jugement de la postérité. Quelques officiers espagnols, jugeant qu'ils ne pouvaient demander de nouveaux efforts à leurs soldats, s'avancèrent et firent signe, en agitant leurs chapeaux, qu'ils demandaient à se rendre. Comme le duc d'Enghien s'approchait de ce côté, les commandants des Espagnols, indignés de ce qu'ils qualifiaient de faiblesse, sans donner au général français le temps de faire un signe qu'on pût considérer comme une acceptation, ordonnèrent aussitôt le feu.

La quatrième charge d'ensemble des Français qui s'exécuta presque aussitôt fut furieuse. Les carrés furent rompus, à l'exception de celui de l'ancien régiment d'Albuquerque, que commandait Perez de Peralta, et auquel vinrent se rattacher les débris des autres, entre autres le comte de Garcies et D. Jorge Castelvi. Frappé d'admiration de tant d'héroïsme, le duc d'Enghien, voulant faire cesser le carnage et arracher à la mort tant de braves gens, leur fit offrir par un trompette de capituler, ce à quoi ils consentirent enfin. En souvenir d'une si belle conduite, il n'y a pas sujet de s'étonner qu'aujourd'hui encore, le 19e de ligne espagnol, régiment de Galice, s'honore de descendre de celui que commandait à Rocroi le comte de Garcies (régiment de Burgy), le 9e, régiment de Soria, de ce régiment de Villalva qui fut ce jour-là surnommé le régiment du sang, et le 8ᵉ, régiment de Zamora, de celui d'Albuquerque, qui obéissait alors à Juan Perez de Peralta.

Sur les 18.000 hommes de pied qu'avaient eus en ligne les Espagnols, 8.000 avaient été tués et 7.000 pris, la plupart plus ou moins blessés. Le vieux comte de Fontaine, âgé de soixante-quinze ans, s'était fait bravement tuer à la tête de cette belle troupe qu'il était si digne de commander. Parmi les hommes de marque, les Espagnols perdirent encore le comte d'Isembourg, les mestres de camp D. Antonio Velandio, les deux comtes de Villalva et le chevalier Visconti. Parmi les soldats prisonniers se trouvaient plus de 600 officiers réformés. Les pertes des Espagnols en cavalerie avaient été bien moindres ; cependant beaucoup des fuyards périrent assommés dans les bois par les paysans irrités de leurs brigandages. Tout leur canon, dix-huit pièces de campagne et six de siége, plus cent soixante-dix drapeaux, quatorze cornettes et deux guidons furent nos trophées, ainsi que tous les bagages et jusqu'aux papiers de chancellerie du gouverneur des Pays-Bas.

Nos pertes n'étaient guère que de 3.000 hommes. Parmi ceux qui s'étaient le plus signalés du côté des Français vient certainement en première ligne, après le *général*, Gassion, pour lequel le duc d'Enghien demanda, du champ de bataille, un titre de maréchal de France, puis Sirot, pour qui il demanda de même le grade de maréchal de camp.

Il était un peu plus de neuf heures du matin quand la lutte cessa. Le duc d'Enghien se jeta à genoux sur le champ de bataille et remercia Dieu de lui avoir donné la victoire. Pour Melo, qui s'était un instant réfugié dans le carré de l'infanterie, et qui l'avait quitté quand il la vit perdue sans ressource, il parvint à grand'peine à atteindre Marienbourg au milieu des fuyards, dont il ne put réunir que 2.000 ce jour même, et avec lesquels il se rendit à Philippeville. Beck, craignant de perdre la liberté de ses mouvements, se retira avec tant de précipitation, que Chevert, lancé avec 200 chevaux et 200 mousquetaires sur ses traces, ramena deux de ses canons.

Le premier effet de cette victoire fut de délivrer Rocroi, dans laquelle le duc d'Enghien entra aussitôt. En souvenir de sa belle défense, il donna à Noël, qui l'avait commandée, le bâton de Melo, qui resta longtemps dans sa famille. Le roi lui donna peu après des lettres de noblesse.

La Flandre se trouvait à notre discrétion, car, même après s'être refaites, les armées espagnoles ne devaient plus être de longtemps en état de soutenir le choc des nôtres. Mais, de peur de donner de l'inquiétude aux Hollandais, après avoir tourné de ce côté, le duc d'Enghien se retourna brusquement vers Thionville, dont la prise devait avoir pour effet de rendre bien difficiles les communications entre nos ennemis des Pays-Bas et ceux du Rhin. Ce fut à peu près le seul gain matériel que nous procura cette victoire, qui avait pourtant empêché l'ennemi d'arriver jusqu'à Paris. Mais les avantages d'ordre moral, s'ils étaient moins immédiats, étaient bien autrement considérables. Quoique les troubles de la Fronde ne permissent pas à tous les Français de s'en rendre bien compte aussitôt, à partir de ce jour la France prit en Europe, d'une façon incontestée, cette première place que l'Espagne avait tenue si longtemps, et que, comme celle-ci, la France dut principalement à la gloire de ses armes.

262 — Paris. Impr. LALOUX fils et GUILLOT, rue des Canettes, 7

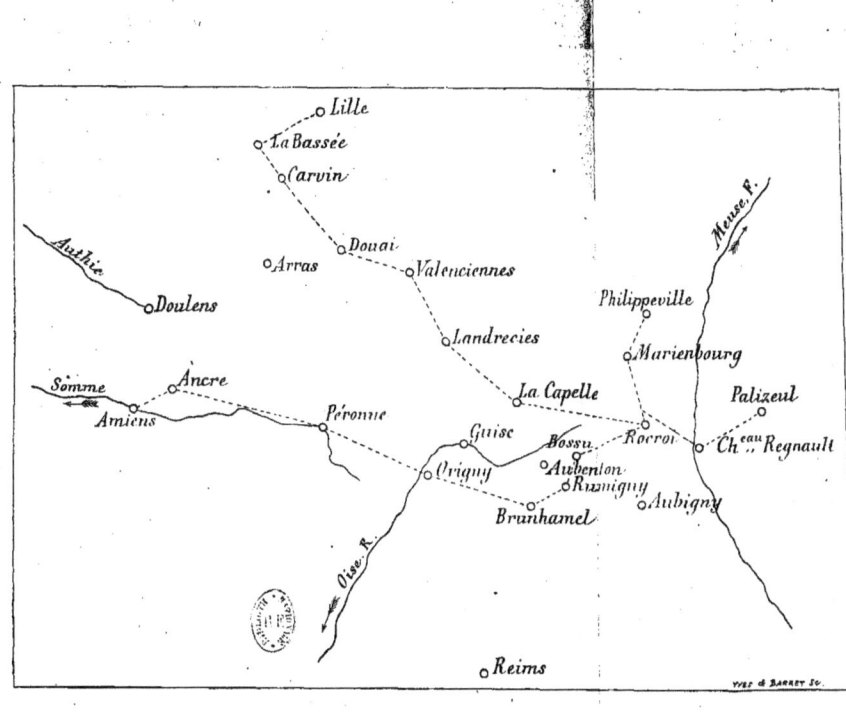

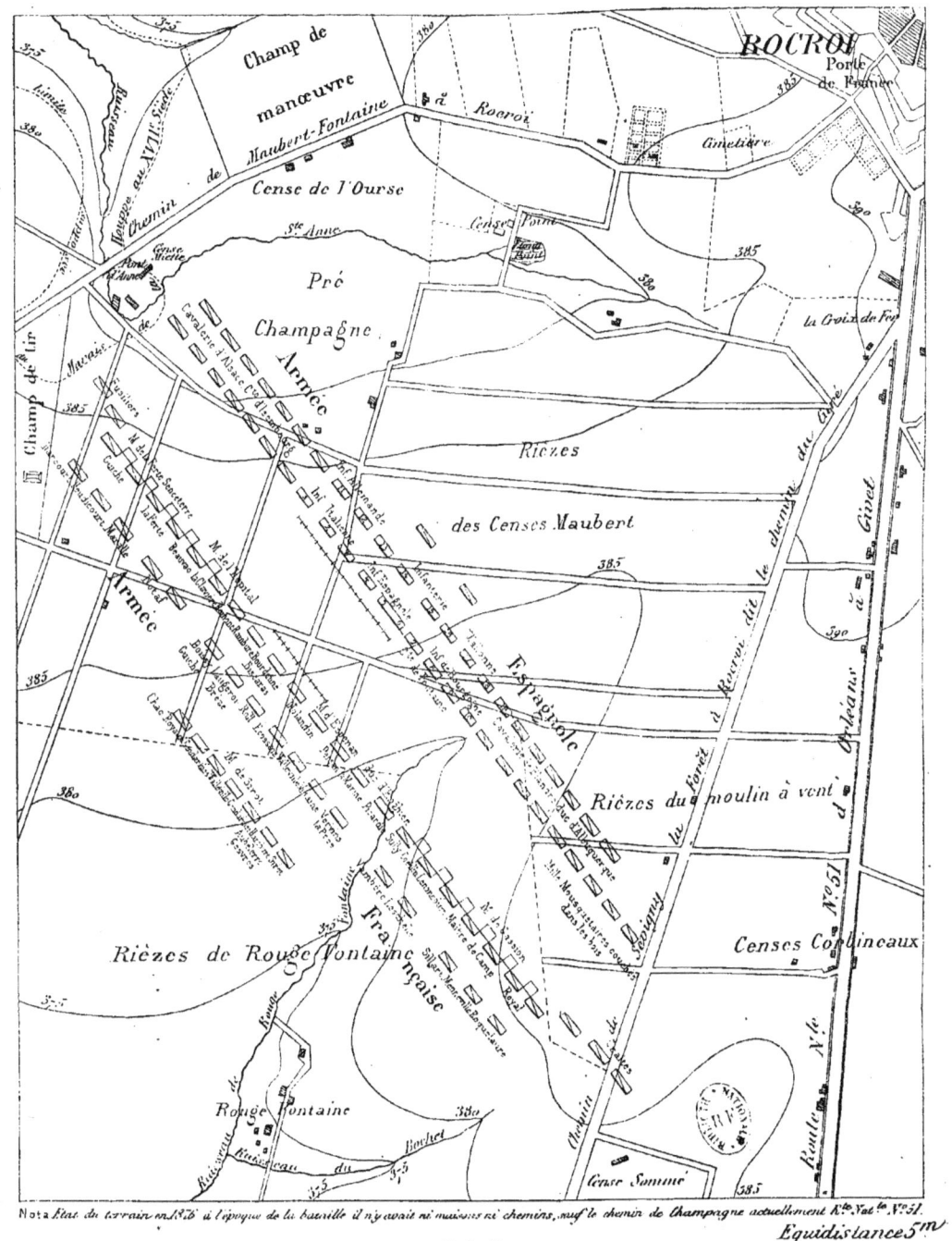

Champ de manœuvre

à Rocroi

de Maubert-Fontaine

Chemin

Cense de l'Ourse

Ste Anne

Cense Point

Pré

Champagne

Armée

Riezes

des Censes Maubert

Armée

Espagnole

Riezes du moulin à vent

Censes Colineaux

Riezes de Rouge Fontaine

Française

Rouge Fontaine

Ruisseau du Bouchet

Cense Somme

ROCROI
Porte
de France

Cimetière

la Croix de Fer

No 51

Route N.le

Champ de tir

Echelle

0 100 200 300 400 500 600 700 800 900 1000   1500   2000 M

Nota Etat du terrain en 1876 à l'époque de la bataille il n'y avait ni maisons ni chemins, sauf le chemin de Champagne actuellement R.te N.le N°51.   Equidistance 5.m

47

www.ingramcontent.com/pod-product-compliance
Lightning Source LLC
Chambersburg PA
CBHW070302220626
46818CB00018B/1940